一〇三歳、ひとりで生きる作法

老いたら老いたで、まんざらでもない

篠田桃紅

一〇三歳、ひとりで生きる作法　目次

第一章　今までになかったことがたくさん、日々新しく生きている

第二章

昔のことのようでもあり、昨日のことのようでもある

第三章 世の中はどんどん変わっている、自分も変わっている

第四章 ほかの生き方があったかというと、これしかなかった

DTP 美創
構成 佐藤美和子

第一章

今までになかったことがたくさん、日々新しく生きている

真実に生きるとは、どういう生き方なのか

人はこうして生きている。

毎日、同じことの繰り返しでいいのであれば、人型ロボットでもやれることである。昨日と今日の私は違わなければ、人として生きている甲斐はない、と幾つになっても思う。

昨日よりも衰えたと思うことのほうが多い。しかしそれは衰えていると言えば衰えているが、本当は衰えていないのかもしれない。

人の成熟というものは、ただ物理的に勢いがあるということだけではなく、だんだん衰えていくところにあるのかもしれない。

「枯れかじけて寒《さぶ》かれ」という言葉がある。木などが枯れ果てて寒々としている。人間の最期の美はそこにある、と言った人がいる。千利休《せんのりきゅう》の師としても知られるお茶人、武野紹鷗《たけのじょうおう》である。そして、弟子の千利休はというと、「花は野にあるように生けよ」と言った。花を切って挿すのを、野原にあるように挿しなさいと。

野原にあるようになんて、無理。

家のなかは露も降りないし、雨もふらない。霧も湧かないし、花にとってこんなにつらい、寂しいイヤな空間はない。

「野にあるように生けよ」と言ったのは、それは「できっこない」。早い話が「なにもするな」ということである。

しかし、人は、なにかをしていないと生きていられない。

武野紹鷗や千利休のように達観した人は、人はそういうばかばかしいことをして生きているんだ、ということを悟らせなければならない。やることなすこと、みんなばかばかしい。だけど、それでも生きていかなければならない、という境地なのだろう。

太宰治《だざいおさむ》も、ばかばかしい、ということについては、

「とにかくね、生きているのだからね、インチキをやっているのに違いないのさ」と言っている。

たしかに、人はなにからなにまで真っ正直では、生きていられない。

たとえば電話がかかってきて、「今日、ちょっとお会いしたいんですが」と言われて、「今日は困ります。忙しいから」と、本当は会いたくない気分でも、インチキを言って断る。

私の体は枯れ果てているが、真実に生きるとはどういう生き方なのだろうか。いまだ思案は続いている。

昨日よりも衰えている。
しかし、人の成熟はだんだん
衰えていくところに
あるのかもしれない。

年寄りと付き合うのは、大変かも

「もう年寄りと付き合うのは、とても私には無理」

思い返せば、若い頃、私もよく思ったものである。

お年寄りを相手にするのは、どうにもくたびれる。

わけのわからないことで、なんだかんだと機嫌が良くなったり悪くなったりするが、はたから見ると、まるで理屈にかなっていない。

こちらは、さんざん振りまわされ、しかし相手は、じいさん、ばあさん。怒ることもできない。困ったものである。

「歳取《とし》った人はどうしようもないね」とつぶやいたことは、幾度もあった。

おそらく今の私がそれである。

まわりの人にとって迷惑な話よ、と言われる張本人である。

若い人は心のなかで、「まったく、クソババア」と苦い思いをしているかもしれない。あるいは、口に出して言っているのかもしれないが、私は小さい声は聞こえづらいから、こちらが都合よく聞いていないだけなのかもしれない。わからない。

そして、私に関わってしまった人は、とりあえずこの場は収めておこうと、大人の対応をしてくれているのだろう、と思う。

若い人は、誰も私に無礼なことはしていないし、丁寧にきちんとしてくれている。だから、本当にいい迷惑なのだろうと思う。そして私はといえば、この歳になってよくわかったが、理屈ではなく、気分なのである。

「わたしは良心を持っていない。わたしの持っているのは神経ばかりである」と芥川龍之介《あくたがわりゅうのすけ》は言っているが、まさしくその神経である。

好きとか嫌いとかではないし、道徳で判断しているわけでもない。神経が疲れたり、神経に障《さわ》ったり、神経がなんらかの反応をするようになってきた。ふしぎなものである。

だから若い人は、身に覚えがなければ、年寄りに、なにか無礼なことをしたのだろうかとか、無神経だったのかなどと思う必要はない。年寄りの、そのときの神経とちょっと合わなかっただけ、と気楽に思ってくれれば、こちらは非常にありがたい。年寄りが持つ、得体の知れない神経に、いちいち一喜一憂しないほうがいい。

となると、ますます年寄りと付き合うのはやっかいで、面倒なだけ。「とても私には無理」と遠ざけたくなるだろう。しかし、老いて初めて得られるものはあるはずで、少しはなにか、伝えられることはあるだろうと思う。

機嫌が良くなったり悪くなったり、
年寄りはまるで
理屈にかなっていない。
おそらく今の私がそれ。

私は知らんぷりする

先日、若い友人から、たまには若者と対談しないか、と尋ねられた。

『一〇三歳になってわかったこと』という本が、シニア層だけではなく、二十、三十代の若者にも、どうやら読まれているらしいから、思いついたのだろう。

そして、相手が孫かひ孫のような年齢であれば、さすがの私も、目を細めて、少しは手加減するだろうと期待したのかもしれない。

しかし、開口一番、私は宣言した。

私は、若者を甘やかさないですよ。
若いからって、ちやほやしませんから。
年寄りに対して謙虚でなければ、知らんぷりします。

私が育った戦前戦後は、若いからということで認められる社会ではなかった。

むしろ、若いくせに、と言われた。
なにをやっても、十年早いと言われ、頭を抑えられた。若さ、は大いなる弱みで、それが逆に、若者の人生への取り組みを真剣にさせた。私などは、早く歳を取りたいと思ったものである。

若さは謳歌《おうか》するもので、賛美されるものではない。
まだなにも知らないのだから、謙虚にしていなければならないと私は思う。
本当は年齢なんて、まったく関係ない。
ただ、人として謙虚でなければ、相手にしない、というだけのことである。

若いからといって、
ちやほやしない。
謙虚でなければ、
相手にしない。

いよいよ、本当の老境に入った

人との話なんぞに、すぐに理解がいかない。

ぜんぜん気づかなかった……。

今までなかったことに出会うことが非常に多くなった。本当の老境、というものに入ったと感じている。延長でやっていたことが、きかない。

一昨日、昨日はできたことが、今日はイヤだとはっきりとわかることもある。

しかし、仕事をしているときは、ああダメだと思うことはない。

老境に入ったとは感じない。だから私には救いがある。

仕事は、むしろ若いときはこういうことにぜんぜん気づかなかった、ということがある。老いてわかることがまだある。だが、それが若いときより優れているかどうかはわからない。一作、一作、変わっている。

マンネリズムがない。変わっている。それで救われる。

日々、新しいものをつくっている実感がある。

前は、こういう線は引けなかったと思うような線ができることもある。

その代わり、前にできたことができなくなったことも、きっといっぱいあるのだろうと思う。そういうことは自然と、自分がやらないでいるのだろうと思う。

悲しい反面、救われる面もあり、そういうことに気づきながら、老いていくようだ。

なにしろ初めてで、経験はもちろんないし、私の身内や友人で、私の歳よりも長く生きた人はいないから、老いるとはこういうことのようだと、若い友人らに随時、近況を話している。

老境に入ったと感じたこの数週間後、私は致命的な転倒をした。

悲しい反面、救われる面もあり、
そういうことに気づきながら
老いていくようだ。

「バカにつける薬はない」って、私のことだ

身動き一つできず、病院のベッドでじっと仰向《あおむ》けになっていると、母の言葉が聞こえてきた。

「なにもそんなに急ぐことはないのよ。ゆっくり歩きなさい」

「なんでそんなに慌てるの。落ち着きなさい」

どれほど注意されたかしれない。

いくら親が言ってもダメだった。なんでもさっさとやりたがる、おっちょこちょいの私の性格はいまだ直っていない。

これは本当に死ななければ直らないのか……。「バカは死ななきゃ直らな

い」「バカにつける薬はない」ってこのことだと私はぼやいていた。

その日、私は自分の展覧会に遅れないようにと支度をしていた。気持ちが急《せ》いて自宅の絨毯《じゅうたん》に足をとられ、転倒した。身じろぎできず倒れている私を、迎えに来た者が見つけて、救急車を呼んでくれた。CT検査をして、背骨を圧迫骨折したことがわかった。

自分のそそっかしい性格が、圧迫骨折という事態を招いた。

「運命は性格の中にあり」と、とうの昔に言っていた芥川龍之介をつくづくすごい人だと思い返した。三十代の若さで、私の運命を見抜いていたのである。私はといえば、百歳を過ぎて、いったい幾つになったら、転んだりしない、落ち着いた人になれるのかと思いあぐねている。これは神様が与えてくれた、自分の性格の矯正期間だと考えることにした。

この歳で転倒して払った私の代償は大きかった。セメント治療を受けた後、少しずつ歩く練習をして元に近い状態には戻ったが、退院後もしばらくは自宅で動かないようにした。医師からは日常生活に戻っていいとは言われたが、徹底的に自制して、やりたいことをやらずにいることにしたのである。おっちょこちょいな性格を抑えるのは自分しかいない。ここで鍛え直さないと、次は命にかかわると思ったのである。

幾つになっても、なにかをつかんで起き上がりたいとは思う。しかし、あまりにも愚かで、自分の愚かさを自覚したというだけのことだった。

大丈夫のつもりでも、体は少しずつ衰えている。そして不覚にも、こんなはずではなかったと自分自身に裏をかかれた。現実の私はまったくの老婆で、さっさと支度して出かけられるなんていう、小回りのきく人間ではもうなかったのである。

自分自身を過信していたことが、自分を痛めてわかった。因果なことである。まだまだ、私は思い上がっていた。もっと謙虚に生きていかなければならないと思っている。

大丈夫のつもりでも、
少しずつ衰えている。
自分自身を過信していたことが、
自分を痛めてわかった。

老人は「転んではダメ」

「転んでもただでは起きない」という言葉がある。

病院のベッドで寝ていて、脳裏に浮かんできた。

私は、圧迫骨折をしたことで、なにをつかむことができるのか、なにを得ることができるか、いろいろと考えた。

わかったことは、老人は「転んではダメ」である。

なにがなんでも、転ばないようにしなければならないと思う。

さらに言えば、転んでもただでは起きない、なんていうのは、浅ましいと言えば浅ましい。

転ぶなんてことは、あなたの運動神経がダメになったという証拠であって、そのことをはっきりと言わずに、ただでは起きないというのは、自分の弱点を有利に変えようとしている、欲張りすぎた教えである。

人は、プラス思考の人生観を愛するようで、マイナスになることをどこまでも拒否し、なんでもかんでもプラスにできる、と考えたがる。

だが現実は、転んだりぶつかったり、運動神経はだんだんダメになっていくものだと、はっきりさせたほうがいい、と私は言いたい。

むしろ「転んだらおしまいですよ」という言葉のほうが、人としての優しさ、親切心があっていいように思う。

とはいうものの、転んでしまうこともある。そのときは、ただでは起きない、ではなく、転んだ以上は、転んだことを悔しく思い、これからは転ばないようにしようとする考え方のほうが、人として素直だと、この歳になって思う。

衰えていくものは衰えていくことに、生き物の美しさがある。

むやみに「転んでもただでは起きない」という積極的なものだけをよしとし、衰えていくものを否定する観念はよくない。

人は、生まれたばかりの赤ちゃんから、歳を取ったおばあさんに変わる。生き物は一切が変化する。これは真理中の真理である。

歳を取れば、すべての機能が衰えるわけではないが、やっぱり若いほうがいいに決まっている。ただ、老いたら老いたで、まんざらでもない。

まんざらでもない、は含みのある言葉である。
満足というほどはっきりしたものではないが、まんざらでもないのである。

老いたら老いたで、まんざらでもない。
満足というほど
はっきりしたものではないが、
まんざら、でもないのである。

文明の利器で生きている標本

私は、暑さにはめっきり弱い。食欲がなくなり、体はだるくて無気力。頭はぼうっとして、考える筋の見通しがきかなくなる。そして不眠。老いては、ますます酷《ひど》くなり、暑さの前では全面降伏状態になる。

毎年、梅雨が明けると、さっさと熱帯の東京を離れて、山中湖の山小屋へ避ける。しかし、今年は背骨を骨折したこともあって、ずっと東京にいた。周囲は、まさか私が東京でこもっているとつゆ思わず、私が電話などかけたりすると、遠距離電話だと思い込んでいて、さぞかしそちらは涼しいにちがいないだろう、と尋ねる。

私が骨折して入院したことを知らないのではない。骨折しようが、這《は》ってでも私という人間は、山小屋へ行くと思っていたのである。

当たらずといえども遠からず、そうであったろうと思う。

梅雨に、もし箱根山が小規模噴火をしなければ……。そしてもし浅間山の噴火警戒レベルが引き上げられなければ、であった。しかし、いよいよ富士山は噴火するのではないかと真剣に議論されていたし、箱根山にいたっては、いつなんどき噴火してもおかしくない、と専門家は口にした。

噴火なぞしたら、この体で逃げ切ることはできない。最期は富士山の噴火とともに果てるのも、ドラマチックな生涯でいいんじゃないかと言う者もいたが、私は山中湖への避暑は断念した。

そして、大自然を相手に、人間はどの程度、理解できるものなのか。

大自然と人間の知恵のあいだには、どれくらいの距離があるのか。

そんなことを考えていた。

芥川龍之介は「百里の半ばを九十九里とする超数学を知らなければならぬ」と言った。人間の考えることは、九十九里わかったつもりでも、まだ半分ぐらいしかわかっていないぐらいに考えなければいけないよ、と。

となると、人間は自然についてはなにもわかっていない。

富士山に、いつ噴火するのか聞いたところで、なんの返事もこない。なに一つ答えてくれない相手を見上げて、いつ頃、噴火があるだろうと予測したところでどうにもさっぱり。大自然は、人間ごときに答えは与えてくれない。

仏教に由来する言葉に「群盲象《ぐんもうぞう》を撫《な》ず」というのがあるが、自然と人間の知恵の関係は、自然のほんの一部分を撫でて、こういうものらしいと言っているにすぎない。人間の自然への考察は行き届いておらず、文明や文化が発達したといえども、情けないが、なにもわかっていない。

一方で、その文明の力のおかげで、私などはこうして社会とかかわって生きていられる。メガネ、義歯、補聴器、といったものの発達に支えられているからだ。文明の利器がなければ、私などは無用の長物《ちょうぶつ》である。目も見えなければ、食べ物を噛み砕くこともできなければ、耳も聞こえない。生きていても社会的になにもできない。

私なぞ文明の利器によって生きている標本の一つである。

寿命が延びている今の世の中で、この先、どこまで寿命を延ばしうるのか。

ただ生きているというのではなく、社会的に、どこまで人はやりうるのだろうか。

人間の考えることは、
九十九里わかったつもりでも、
まだ半分ぐらいしか
わかっていないと考える。

のんきにしていこうと思う

ふっと、それはなんの前触れもなくやってくる。

一本の線が脳裏に浮かび上がって、私の心を揺さぶる。

「早くかたちにしなさいよ。でないとさあーっと消えちゃうよ」

どこからともなく、ささやくその声を聞いて、私はただちに、仕事場へと駆けつける。逃げないうちに紙の上に留《とど》めないと……。

すぐに筆に墨《すみ》を含ませ、今まさしく私に宿っている線を描く。

こんな具合に私は作品をつくってきた。

それは線とはかぎらず、かたちや構想のこともある。くっきりとその正体を現わすこともあれば、蜃気楼《しんきろう》のようにぼんやりとしていることもある。現われ方はさまざまで、空気に乗って移動していることすらある。色を持っているときもあるし、光のときもある。千変万化で、だが、いずれもすっと逃げる。

だから私は逃げないでちょうだい、消えないでちょうだいと願いながら、筆を手にしてきた。

これはおとずれとしかいいようがない。

どこからか降りてきて、私のなかになにか種があるから、瞬間的に宿る。

そして、目の前にできあがった作品は、自分がつくったには違いないが、筋道をたどるとよく覚えていない。

しかし、これからはやってきても、のんきにしていようと思う。逃げるなら逃げればいい。逃げるからと慌てれば、仕事場にたどりつく前に、私は足を引っかけるか、体をぶつけて、転倒するかもしれない。

筆を手にする前に、命が果ててしまってはなんの意味もない。

この頃は、なんだか、作品を描くのが命と隣り合わせになっている。

命が果ててしまっては、
なんの意味もない。
命がけで仕事はしない。

わからないから終わらない

気持ちが、作品のなかに入り込んで描いていると、ふと、別の新しい線やかたちが心に湧いてくることがある。しかし、目の前の作品には取り入れられない。

次の作品で描こうと考える。

このように、一つの作品を描いていると、次の新しいものが湧いてくるということが私には多い。まるで一種の「誘い水」で、だから、私は描き続けているのかもしれない。

でもこれは、私にかぎったことではなく、誰しもが経験していることだと思う。

たとえば、私はサッカーとテニスの観戦が好きで、テレビをよく観るが、選手は体も心も打ち込んでいると、今度こんなボールがきたらこうしよう、とプレー中に知恵がひらめくのではないかと思う。しかしひらめいたときは、都合よくそういうボールがくるわけではないので、次の機会を待っている。

やっかいなのは、熱中しているからひらめくということだ。しかし、ひらめいたときはできないので、次につなげる。そして気がついたら、やり続けている。

私の場合は、次につなげても、いい作品になるとはかぎらない。ぜんぜんつまらないということもある。どうなるか予測がつかない。

わからないから、続けていられるのだろうとも思う。初めからわかっていたら、私などは興味を失《な》くしそうである。
これでいい、というときはない。

熱中していると、
次のことにつながる。
次がいいか、つまらないか、
わからないから続いている。

なんだかんだ、まあまあで生きている

ニュースなどで、命を絶つ人を見るにつれ、胸が痛む。

死んでしまいたい、と思うのは、誰でも一度や二度はある。

一度もそんなことを思ったことがない、平穏無事な人はいないのではないだろうか。人とはそういうもので、なんだかんだ、まあまあで生きている。

石川啄木《いしかわたくぼく》の歌に、

「『さばかりのことに死ぬるや』『さばかりのことに生くるや』よせよせ問答」

というのがある。

たったそれだけのことで死ぬのかと言えばそれまで。たったそれだけのことで生きているのかと言えばそれまで。問答したって始まらない、と言っている。

啄木は正直な人で、「友がみな我よりえらく見ゆる日よ」とも歌っている。友人がみな自分より出世などして、偉く見える。寂しい思いをしたのだろう。

そして、

「ふるさとの山に向《むか》いて言うことなし　ふるさとの山はありがたきかな」

とも歌った。ふるさとの山を見て、啄木は折れた自分の気持ちを取り戻した。

イエス・キリストも『聖書』詩篇で、

「我、山に向いて目をあぐ（上げる）」

と言っている。山に向かって、自分で自分の目を上げた。自分の気持ちを引き立てた。

私は若いときに『聖書』を読んで、いい一行だと思った。キリストという人がどんなに苦しみ、自らを奮い立たせたかが伝わってくる。

山を支えにした二人の天才の言葉を、私は山を見るたびに思い出す。

そうした言葉に出会えたことは、私にとって幸福だったと思う。

たったそれだけのことで死ぬのか、
と言えばそれまで。
たったそれだけのことで生きるのか、
と言えばそれまで。

できなければできないで、どうでもいい

百を超えてから、丸を描くようになった。

どうしてかと聞かれるが、自分でもわからない。

感覚ですから、と私は答えている。

なんとなく描きたくなったから描いているだけで、人によっては、一本の太い長い線が引きづらくなったのだろうとか、描きたいものが描けなくなったのだろうとか、いろいろ思うようだが、そういうことではない。

そもそも、描けるとか描けないとか、騒ぐことではない。描けなければ描けないで構わない。紙を無駄にしても、自己嫌悪にならない。

人は、長くやっていれば、気に入ることもあるし、気に入らないこともある。当然のことである。この歳になると、たいていのことは受け入れられる。いちいち悩まないだけである。

もちろんこれまで描けなくなったこともある。いわゆるスランプ。だけど悩まない。私はその程度なのだと理解する。落ち込んだり、焦《あせ》ってやけを起こしたりしない。そうした反動が生じるのは、思い上がりによるものである。自分を非常に高く評価していて、自分はできるはずだと思っているから、できないと、そんなはずはないとジタバタする。

私は初めから、自分が全知全能だなんて思っていない。できないのがあたりまえだと思っている。そして、優れているとは思っていないが、劣っているとも思わない。私は私、と思っているだけである。
この世に、私という人は私だけ、一人っきりだと思っている。
だから誰とも比べない。標準以上とか標準以下とか、比較をしない。
誰でも、同じ人はこの世に二人といない。

自分はできるはずだ
と思っているから、
落ち込んでやけを起こす。
それを「思い上がり」と言う。

最後はなにもなくなる

初めて見たのがいつだったか思い出せないのだが、私がこれまで見た水墨画のなかで、最も心を動かされたのが、長谷川等伯《はせがわとうはく》の「松林図」（国宝）である。

自分自身も霧に包まれて、体が冷たくなっていくような気がした。

霧が降りて、松の葉、枝が濡れている。霧は松林全体を包み込み、見る者を冷たい霧の世界のなかに引き込んでいく。

絵のなかで、時間が流れていた。

絵の世界に誘い込む力、見る者の想像力をかきたてる力が凄《すさ》まじい。

「松林図」は、松林の絵というよりも、霧の絵だと私は思っている。霧自体は目に見えないが、霧を絵にするとこうなることを、そして墨の芸術がここまで表現しえることを、この絵を見て感じた。

油絵ではこうはならない。油絵の具は、どこか自然との距離を保っていて、それは西洋の文化が、自然と対峙《たいじ》する文化であることにも由来するのだろう。

日本は自然のなかに入り込む文化である。

水墨は自然のなかへと誘《いざな》う最上の道具だと言える。そして究極は、描いているほうも、見ているほうも、だんだんと自然に溶け込んで、最後はなにもなくなってしまう。「無」になってから、あれは夢だったのかと、幻影を見たような気がしてくる。そういう美に、日本人は古くから感動してきた。

日本人の美意識は、自然のなかに入って、最後はなにもなくなってしまうのだろうと思う。

絵には、描いた人の生涯がこもっているが、長谷川等伯は能登半島に生まれた人だから、おそらく日本海の海岸沿いの砂丘に広がる松林を見て育ち、霧の冷たさをなんとか墨で表現したいと思ったのではないかと想像する。


「わが為《ため》は　墓もつくらじ―。」

「～沙山《すな》の沙もてかくし　あともなく　なりなむさまに―。」

という詩を残したのは民俗学者の折口信夫《おりくちしのぶ》である。

お墓はつくらないでくれ。砂丘の砂に埋もれて、あとかたもなくなりたいとおっしゃった。生前、何度かお目にかかったが、つくづくたいへんな詩人である。

*折口信夫——（1887〜1953年）民俗学者、国文学者。詩人、歌人としての活動の際は、釈《しゃく》迢空《ちょうくう》と号した。篠田《しのだ》桃紅《とうこう》さんは『死者の書』などを愛読し、友人の紹介で知り合う。右の詩は「きずつけずあれ」より。

自然のなかに入って、
あとかたもなくなる日本人の美意識。

真実の色は、心のなかで見る

「墨に五彩あり」という中国の言葉がある。

目に見える色はこの世にかぎりなくあるが、墨はあらゆる色を含んでいるという意味である。つまり、空の青さは、青の絵の具よりも、太陽の赤は、赤の絵の具よりも、墨が真実の色を表現しえる、と言っているのである。

墨は目に見える色を、人の想像力で、心の色に置きかえることができるからだ。

私は、昔から歌人、會津八一《あいづやいち》さんの歌が好きで、よく書いてきたが、會津さんは自宅の庭で、長年、真っ赤な葉鶏頭《はげいとう》を育てていた。葉鶏頭は背丈よりも高く生長し、色も実に見事なものだったらしく、燃えるような赤色に、道を行く人が足をとめ、感嘆の声をあげていたほどであったという。

手塩にかけた葉鶏頭を、會津さんは赤い絵の具ではなく、「からすみを　いやこく　すりて」と、唐墨を濃く磨《す》って描いた、という歌を書き残した。葉鶏頭の真実の色を、墨に託したのである。

私は、葉鶏頭を歌った會津さんの書を遺品として譲り受け、表具して、十月になると、床の間に掛けていた。

私も、會津さんと同じ思いを抱《いだ》いている。

八十年以上、富士山を眺めているが、あのあらゆる色を含む赤富士を目《ま》の当たりにすると、絵の具で描き表わすことは到底できない神妙さを感じる。

真実の色は、見たいと希《ねが》う人の心のなかでしか、再び、会うことはできない。

*會津八一——（1881〜1956年）歌人、美術史家、書家。雅号は、秋艸道人《しゅうそうどうじん》、渾斎《こんさい》。

真実の色を見たいと希う人は、
想像力で、
心の色に置きかえてみる。

やり尽くさない人生を得る

ものぐさな私に、たくさんの色を使わなくていい墨は、うってつけである。

老子《ろうし》によると、墨には白から黒の一歩手前まで、数え切れない段階があり、真の闇はないという。どんなに濃くしても、墨は真の闇にはならない。

これは、私たち、後代の人々を救っている言葉だと思う。

どんなに濃くても、一点の明るさが残され、完璧に閉ざされることはない。

この明るさが宿る墨を「玄《げん》」と称し、「玄」は人生と宇宙の根源で、天地の真理であると説いている。

これを人に置きかえると、やり尽くしていない、自他ともに閉ざすことはしない、という意味で、人生というものはどこかやり残した部分がある、ということである。

そもそも、人はやり尽くすなんてことはできない。自分のやれることはこのへんまでかなと思うことができれば、おそらくいいほうで、完全にやったと思えることはない。いつもなにかを残している。

私などは、なんのために絵なんていう、生活上、人の役にも立たないことをやっているのかと、考えることもしばしばで、どれだけ墨を無駄にして、紙を無駄にして、時間を無駄にしてきたことかしれない。挙句、そもそも、役に立つとか役に立たないとか、誰が決めるのかもわからない、と開き直っている。

中国の古い書物『筆法記』には、「墨を用いてひとり玄門を得」と書いてある。やり尽くさない人生を得よ、と私は解釈している。

人生、
やり尽くすことはできない。
いつもなにかを残している。

やりようのないことをやる

洋画家の岡田《おかだ》謙三《けんぞう》さんは、戦後のニューヨークで世界的な評価を得て、たいへんな人気だった。

彼は、常になにが本当の美かを探り、考えていた人で、晩年、私に言ったことを、今でも、時折、思い出している。

弱くてはいけない。
強くてもいけない。
新しいのもいけない。

古いのはまたよくない。

さらにもう一つ、様式があってはいけない。

そういう美をつくることができれば、まあまあ、この世に存在できるだろう。

しかし実際は、なにをしても、ちょっと弱かったり、強かったりする。今までにないものをつくれば新しくなるし、真似れば古くなる。様式というのは、絵で言えば、ルネサンス、ビザンチンなどといった形式のことだが、様式のあるものも人はつくれる。人は、なにをしたって、この五つのどれかに陥ってしまう。

「それはなにもないようなものですね」と私が言うと、

「そうだよ、空気みたいなものが一番いい。なにもないような絵がいい」

とおっしゃった。

岡田さんという人はただ者じゃない。

やりようのないことをやる……。

彼は、絵に言及したが、これは絵にかぎらず、普遍性とはなにか、全般に通じる五か条だと思った。

もっと言えば、もしかしたら人との関係にも……。

＊岡田謙三—（1902〜1982年）東京美術学校（現在の東京藝術大学）在学中にフランスに渡り、帰国後、1950年に渡米した。篠田桃紅さんは渡米した1956年に知り合った。その頃、岡田さんの作品は高く評価され、押しも押されもせぬ世界的な画家として活躍していた。

絵は、なにもないようなもの、
空気みたいなものが一番いい。
もしかしたら、人との関係も。

第二章

昔のことのようでもあり、昨日のことのようでもある

おぼろげな記憶に残った寄席

私は、父の赴任先の大連《だいれん》で生まれ、二歳で東京に戻ったのだが、その際私たち一家は、牛込神楽坂《うしごめかぐらざか》の親戚に一時世話になり、すぐその近所の借家に入ったらしい。

私の幼児としての記憶は、その家から始まっているが、私が四歳の頃に、結核を患った姉の療養のために、千葉の海岸の家に移ったので、私の牛込の記憶は、三歳か四歳。実におぼろである。

だが、そのおぼろな記憶のなかに、寄席《よせ》というものの存在がある。

ある夕方、不意の来客かなにかで、不在の父を呼びにやらされたのであった。母の言いつけで、ねえやについて小さい私が、道を幾折れもして行った場所。父のいたそこが寄席であったと知ったのは、のちのことだが、出口だか入口だか、薄暗いところから、席に座っている父を見た記憶があるのだ。

　記憶はまったくただそれだけである。父が席を立つとき、ざんねんそうな表情をしたか（多分したであろう）どうか、父と一緒に家に戻ってなにがあったか、なにも覚えていないのに、席に座っている父を見つけたことだけは覚えている。
　三、四歳の幼児にも、寄席なるものの雰囲気は、長く記憶に残るようなものであった、ということは考えられる。
　昔の席亭などに立ち込めていたもの、幼児の心にも宿るようなもの、大げさに言えば、そういうものこそが日本の文化の根であるような気もする。

夕方一人で、ふらりとそういうところへ出かけていたのも、今の私には、父の別の一面を見るように新鮮で、なつかしい。

幼児の心に宿るようなもの、
そういうものこそが
日本の文化の根で
あるような気がする。

御用聞きに来た和菓子屋さん

和菓子が好きである。

なかでも、生菓子が好ましい。小豆《あずき》のあんのものが一番。そして、ときどき、卵や栗、果物などを使ったお菓子も欲しくなる。

和菓子との最初の出会いを考えてみると、それは和菓子屋さんが持ってきた見本箱の和菓子である。

午前中、御用聞きに来る和菓子屋さんの気配を、まだ学校に上がる前の時期の私は、いち早く嗅《か》ぎつけて飛んでいく。勝手口の板の間に座り、和菓子屋さんが大きな風呂敷の結び目をほどくのを、今や遅し、と見守っていたのだ。

黒漆の二、三段の重ね箱の、十五か二十に仕切られた四角の囲みに、一つ一つ鎮座していた和菓子の魅惑。幼女の受けたあの印象が、私の和菓子というものへの物ごころの始まりだったように思う。

幼女は、見本箱の小さい仕切りのなかに収まっている一つ一つを眺め入り、その優美なかたちや色合いに、「おいしそう」という思いと、それとはまた別種のあこがれのようなものを抱いた。

今日は、母はどれを頼んでくれるのだろう。

これもあれも、欲しい。

あの花びらみたいに開いているのは、この葉っぱに包まれたようなのは、どんな味がするのかしら。

今すぐ欲しい。

「これは見本だからダメ」

「ホコリがついているから」

母と和菓子屋さんは代わる代わる私をたしなめる。

こういう場面の記憶が強いのは、きっと、毎回、私は同じようなことを繰り返していたのだろう。

幼女にとって、だからあの黒漆箱の和菓子は、渇望のまま晩年に持ち越されたようで、私の和菓子への郷愁の根となったのかもしれない。

毎年秋になると、雁《がん》が河原などに下りてくる。雁は、日本の河原はどうであったとか、前のときの記憶があって、ある種のなつかしさを持つのかどうか。人なら持つ感情を雁が持つかどうか、私にはわからない。そもそも、昨年来た雁が今年も来ているのか、そのへんのこともわからない。

しかし、人は「落雁《らくがん》」と言って、詩や文学の材料にして親しんできた。初めておやつに落雁を出されたとき、母に「なんなの落雁って?」と聞いたことがある。

雁が下りてくる、その姿を「落雁」と言ったが、その姿を和菓子にしたのではなく、同じ時期に穫れる麦を少し焦がした麦粉などで固める干菓子だから、お茶人が「落雁」とつけたんでしょう、と母は言った。和菓子はお茶の相伴《しょうばん》として、優雅な名前がつけられる。

和菓子も時代とともに、少しずつ変わっていくのであろうが、まったく昔のまま、というのもあり、あの見本箱に並んでいた通りのものにも、ときどき出会う。

母が好きでよく注文していた黄身時雨《しぐれ》などは、少しかたちは変わったが、ほろほろとした味わいは、昔のままでなつかしい。

いち早く嗅ぎつけて飛んでいく。
見本箱の和菓子は、
どれもおいしそうで
あこがれた。

女の人が好きだった野遊び

　母が、野遊びが好きな人だったから、私たちは小さいときから、よく郊外のあちこちに連れていかれた。なかでも春先の摘み草は、年中行事の最たるものだった。

　野遊びの記憶は、三、四歳から、戦時中まで続いている。

　近くの多摩川べりの二子や調布から始まり、荒川堤や千葉の沼のほとり、湘南方面にもよく出かけた。

　人員も、家族のほか、子どもたちの友だちが加わったり、ある年などは、父の友人の一家族と合同の摘み草大会みたいなときもあった。お弁当にお酒の瓶まで持参のにぎやかなときは、摘み草の収穫はかえって少なく、母と姉と私の三人だけで行ったときは、山盛りのつくしを持ち帰ったりした。

疎開地の会津の山里で、甘草《かんぞう》の芽を摘んだり、小川でセリを採ったりした思い出もある。

会津の、遠い春の雪解け水は、手が切れるほど冷たく、流れに揺れるセリの葉かげに、小さい魚がじっとしているのを見つけたりすると、私も雪に閉じ込められていた日々が長かったから、心が躍った。

その川べりには、つくしの群落もあり、一つかみで三本も四本も採れ、おもしろくてきりがなく、気がつくと、すっかり日が落ちて、春といっても夕風が身にしみるのだった。

古来、女の人は、彼岸中日の野遊びで、どこまでも日を追って西のほうに歩き続け、野のはてまで行ってしまう習慣があったという。また、すみれを摘みに野に出て、あまりに野辺がなつかしく、一夜泊まってしまったという古い歌もある。

春の野遊びが、日暮れも、帰りも忘れさせたのは、いつのまにか昔の話になってしまった。

今は、捜索願が出されるだけである。

日暮れも、帰りも、
忘れることができた
春の野遊び。

井戸水で顔を洗っていた朝

顔を洗っていて、ふと昔の朝の洗顔のことを思い出した。

井戸水が冷たかった。だが、あたたかかった。矛盾ではない。自然はいつもそうだ。冷たくもあたたかくも、こころごころ、受け手次第なのだから。

厳しい冬のあいだは、母が金だらいの井戸水に、ヤカンの熱湯を混ぜて、ほのかにあたたかくしてくれた。私などは、あの「茶目子《ちゃめこ》の一日」という当時大ヒットしたアニメ映画のレコードを毎日聴いていた世代だから、

「水道の冷たいお水を金だらいへザブザブザッと汲《く》み込んで」

という歌詞はまさに実感だった。

東京育ちだから、井戸水で顔を洗ったのは十歳頃まで。水道水になっても、同じ金だらいを使い、それがホウロウの洗面器になり、母の混ぜてくれるお湯は、それにも受け継がれた。

汲み上げた井戸水、母があたためてくれた水、そうしたかぎりのある水のありがたみを、朝々感じた、というほど殊勝な娘ではなかったけれど、今のように、こちらの注文通りの温度のお湯が無制限に流れ出る朝にはない、朝らしい朝、というものが、井戸端や湯殿のあたりにはあったような気がする。

井戸の水は、夏は冷たく冬はあたたかく、当たりがやさしく、この自然のやさしさに母の手も加わり、器のなかの水がいとおしくなる。

それは朝々の新鮮な出会いであったから、今、出しっ放しのお湯で洗顔しながら、ふとなつかしく思い出したりするのである。

朝のめざめの気分というものも、便利さと引き換えに、薄められ、ことに水道の水が薬品のにおいの強い朝などは、これが豊かさというものかどうかと疑わしくなる。

金だらいのなかの
冷たい水に、
母が混ぜてくれたヤカンの熱湯。

母がつくった柏餅

街にお湯屋さんが少なくなって、風流な「菖蒲湯《しょうぶゆ》」の張り紙もほとんど見かけなくなった。「柏餅」のほうは、まだそここの和菓子屋さんの店先に張られる。

ガラス戸の張り紙の「柏餅」あるいは「かしわ餅」は、たいていは、まだ柔らかい毛筆体で、あの字に食欲がそそられる。

私の住んでいる近くに、新聞か雑誌で「柏餅がめっぽううまい」と書かれた店があるが、おかげでそれからは並ばなければ買えないことになり、味も忘れかけたが、塩味がちょっと利き気味の柏餅だったように思う。

あんの利き塩と、練り具合が少々かための餅との調和の妙が、東京人の好みにかない、「めっぽううまい」ことになったらしい。

昔、母がつくった柏餅も、この、塩がちょっと利いている柏餅だった。それは、「子どもたちがたくさん食べられるように」という親心から、甘みを抑えた塩梅《あんばい》で、兄や弟はいつも六つや七つは知らないうちに平らげて、すました顔をしていた。

お節句でも、床の間に鎧兜《よろいかぶと》は飾らず（ウチは武家ではないからという理由で）、いちはつの花の絵軸を掛けるだけだったが、三人の男の子たちのために、柏餅は大量につくるのだった。

姉と私は、朝から手伝わされた。男の子のお節句というのは、かえって妙に心がはずむもので、自分ではかいがいしい働きぶりのつもりだったが、小豆を煮る鍋の蓋《ふた》を開けて叱られ、米粉の練りが水っぽくてダメと言われ、手伝っているのか邪魔をしているのか、わからないようなものだった。

柏の葉のにおいがあたりに満ちて、重ねたせいろうから盛大に湯気が立つ五月五日。台所の魅力というものは、こうした行事の折などから幼い心にも根づき始めるようで、台所は私にとって感慨深い存在である。

湯気を立てて
柏の葉のにおいが充満する。
塩梅のいい柏餅だった。

修学旅行に行ったことがない

街中や観光地などで、修学旅行の列を見かけるたびに、「私は修学旅行というものをしたことがなかった」といまだに思う。小学校、女学校を通して、一度も行ったことはなかった。

父が出してくれなかった。小学校のときは「危険が多い」という理由で、女学校のときは「女の子は他所《よそ》で泊まることは相成らぬ」という偏見によるもので、教育方針などと呼べるものではない。

私は、姉と同じ学校だったから、先生のほうは心得ていて、「おたくは私たち教師を信用してくださらない」と皮肉をおっしゃる。

学校に娘を入れても、全面的には預けない。兄や弟たちは修学旅行に出かけたが、女の子はダメ、というのには、こちらも承服しがたかった。

「みんな行くのに」と言えば、

「ヨソはヨソ、ウチはウチ」が即座に返ってくる。

「今、流行《はや》っている革の手さげが欲しい」「誰々さんたちが観に行くから私もタカラヅカを観たい」「雛段《ひなだん》の飾りかたがよそと違う。この段には……」

最後まで言わせず、「ヨソはヨソ……」である。

なんとも便利万能な家庭標語を案出したものである。

おかげでこちらは、なにごともアキラメが肝心、ということを覚えた。

「自主」「選択」を重んじた教育方針だと思ってあげたくもあるが、どうもそれは買いかぶりらしい。

私は大人になってからも、団体旅行なるものには誘われても行かない。行きたくないのは、慣れないことだからなのか。海外へ出かけるのも、一人が多かった。

旅館に泊まることもあまり好きではない。昔は、廊下などで団体客とすれ違ったり、各部屋にお風呂がなく、大浴場へ行かねばならないことがいやだった。

小さいときから訓練されていないことによるのだと思うし、相互協調が不得手なのは、もともとの性格もあるが、「ヨソはヨソ……」の影響もかなりあるように思う。

水墨の一人遊びを覚えたのも、「ヨソはヨソ……」の精神からくるものだとすれば、それが仕事につながっただけに、家庭の偏見標語も、まんざら被害ばかりだったわけではないようだ。それに、衣食住すべて流行に従わないのは、まことに経済的でもある。

泉下《せんか》の父は、どう思っているだろう。ほくそ笑んでいるとは思えない。なにしろ、私が仕事を持つことに賛成せず、自分流の型にはめて、結婚させることばかり考えていた人だから、「ヨソはヨソ、ウチはウチ」の効果が裏目に出たと、苦虫をかみつぶしているにちがいない。

親の教育方針は、
ヨソはヨソ、ウチはウチ。
大人になって、
ワタシは、ワタシ。

洋服も靴も、窮屈なものだねえ

小学校へはきもの袴《はかま》で通っていたが、四年生の頃から洋服に替わった。その年に関東大震災が起きて、きものでは逃げづらい、ということだったと思う。制服はなく、自由だった。

私は、カシミヤの海老茶色の袴と別れるのが、なんとなく寂しかったことを思い出す。袴付きということに、子どもながら誇りのような気持ちがあったのかもしれない。

昔は、通学に小一里（四キロメートル弱）の距離を歩くのはあたりまえのことだったが、靴に替えるとすぐ靴ずれができて、母が、

「洋服もいいけど、靴とは窮屈なものだねえ」

と言ったのが忘れられない。

私は、今も、靴は窮屈なもの、と思っている。

洋服も同じである。体に合わせ、足に合わせてつくってあっても、どこか体や足を規制するところがある。それにくらべ、草履《ぞうり》や下駄は足を乗せるだけ。きものはまとうだけである。紐を締めても、その箇所だけである。

「体につかず離れず」がきものの身上で、私はそれが好きで、いつもきものを着て暮らしている。

「つかず離れず」の「離れず」のほうを強調すれば、しっかりした着つけになるし、「つかず」のほうを立てれば、ちょっと一枚ひっかけて式の着かたとなる。

私は、だいたい後者の着かたをしているが、双方のほどよい兼ね合いの着かたにこそ、きものの妙味はあるので、折に応じ、つまり、季節や行事や相手や、気分による柔軟な着かたが好ましいと思っている。

女学生になってからは、お正月やお芝居見物ぐらいが、きものを着られるときで、日常はほとんど洋服だった。絵羽織が流行して、ミラネーゼという外国の生地もあったが、綿紗《めんしゃ》ちりめんがよそいきの主流で、訪問着は紋付より少し気楽なよそいきとして出始めていた。

姉と私のきものは、母の好みでつくられた。友だちはピンクや赤の帯を結んでいるなか、私たちは黄色かひかわ色の帯で、きものはおおかた紫か藍。ときどき海老茶が入るぐらいで、よその子より常に地味だった。

母は、「ヨソはヨソ、ウチはウチ」の人だったから、子どものときは「お友だちと違う」という思いで寂しかったこともあったが、大人になるにつれて、母の色彩感覚やとらわれないものの考え方に、私は認識と尊敬を持つようになった。

洋服や靴は体を規制する。
きものはまとうだけ、
草履は足を乗せるだけだからいい。

江戸っ子の美意識は、様子がいい人

私が子どもの頃、母などが「様子がいいねえ、あの人は」という言葉を使っていた。きれいとか、美しいとか、そういう直接的な表現ではなく、昔の日本人の独特の美意識に裏打ちされた言葉だった。私は子どもながらに、「様子がいい」と言われる大人になりたいと思ったものである。

一昔前の江戸っ子も「様子がいい」という言葉を使っているのを耳にしたが、今はまったく聞かなくなった。

「様子がいい」を現代の言葉に置きかえると「カッコイイ」が近いかもしれないが、昔の「様子がいい」にはもっと含蓄があった。

「様子がいい」は、おしゃれだが、これ見よがしに目立つおしゃれではなく、どことなく素敵な身なりをしている。身につけているものは派手ではなく、安物でもなく、一生懸命に凝っているのがみえみえではない。風格があり、なんとなく上品で、えらそうではない。ふるまい、しぐさ一つにも、美が宿っている。

「カッコイイ」はちょっとした瞬間にもなりえるが、「様子がいい」はそう簡単には生まれない。外見と内面が磨かれ、醸され、人として匂い立ってくるのには、時間もかかる。

日本には「様子がいい」人がいなくなったから、誰も使わなくなったのか。

日本人の美意識が変化して「カッコイイ」人のほうがいいのか。

文化は、言葉、かたち、行動などに宿るが、深みのある日本語はだんだん減っている。残念に思う。

様子がいい、
という言葉を聞かなくなった。
深みのある日本語が
だんだん減っている。

朝顔の花で染めてつくった七夕飾り

陰暦の七夕《たなばた》が近づくと、家で、色紙やたんざくなどの飾りをつくった。朝顔やホウセンカの花の汁で、美濃紙《みのがみ》を染めて、乾かして切って使った。美濃紙は、父が岐阜の人なのでお里の紙を取り寄せて、お習字の清書などに使っていた。

花の汁を薄めた桶《おけ》のなかに浸すと、白い和紙が、みるみる夕焼けのように染まっていく。指でつまみ上げて陽に透かし、もっと濃く、とまた浸す。糸でくくって絞りにしたり、わざとムラに染めたり、水に強い手漉《てす》き和紙なればこそ、できる遊びであった。

朝顔の紫で、手漉き和紙はことに味わい深く染まり、まだらになった天然の染め紙は、墨の付きぐあいもとてもよかった。

おぼつかない手つきで歌などを書き、笹に結ぶと、願い事というほど取り立てたものではないにしろ、いにしえの「思ひ渡る」という情緒につながっていくように感じた。

七夕の夜は、かならず一粒、二粒、雨が降る。それは、天の川を漕ぎ渡るひこ星の櫂《かい》のしずく、という話は、少女の心に神秘なものを宿らせた。そぞろな気分で見上げる七月の宵の空に、銀河は白々と流れていた。

しかし、星の降るような空は、都会ではもうとっくに失《うしな》われてしまった。家々の裏口の垣根で咲くホウセンカの花も見かけなくなった。手漉き和紙屋は、明治の最盛期には六万八千戸あったというが、激減してしまったという。天上で、一年に一度の恋に生きる織姫も、心細いことであろう。

天帝の孫、織女星《しょくじょせい》と牽牛星《けんぎゅうせい》が七月七日の夕べに会うことを、中国後漢の詩人が恋人の逢瀬《おうせ》に見立てて詩をつくったことから、日本でも、天平勝宝七年(西暦七五五年)七月七日に、清涼殿で初めて星祭りが催されたという。以来、天上の恋に、地上の恋が言寄《ことよ》せするみやびな行事として続いた。

私などは、少女時代に大正ロマンの影響を受けたせいか、星を眺め、やっとの思いで出会う物語を紡ぎだした、昔の文人のロマンティシズムに思いを馳《は》せることもある。

今は、なにをもって、人はロマンティシズムを育《はぐく》むことができるのか。それとも、ロマンティシズムを口にすること自体が、「なにを夢みたいなことを言って」と言われてしまうのだろうか。

星を眺め、
物語を紡ぎだした、
昔の文人の
ロマンティシズム。

叱られて、家族から身を隠す場所

室生犀星《むろうさいせい》の詩の一節に、「けふも母ぢやに叱られて　すもものしたに身をよせぬ」（今日も母に叱られて、すももの木の下に身を寄せた）というのがあるが、叱られたり、なにか悲しいことがあるときなど、家族から身を隠す場所が、庭とか、家のなかとか、どこかにあったものだ。

裏庭の木の陰や、屋内なら、納戸の前の裏廊下の突きあたり、というような人のあまり来ない、いわば無用の空間。

そこは、子どもでも大人でも、やり場のない思いのあるときなど、ふと気がつくといた、というような場所であった。そういう場所はふしぎとなつかしい。

少女の頃の家を思い出すと、茶の間、客間といった空間の思い出よりも、一人ぽつんといた階段横の板敷きとか、留守番をおおせつかって、寂しく、裏窓の下にうずくまっていた日のこと、そういう時間のほうが鮮やかに思い出される。

板敷きのうす暗さ、冷たい踏み心地、裏窓のガラス戸を開けると、窓下のどくだみの花が強く匂ったことなど、私の感覚は昨日のことのように覚えている。

たまたま一人にされ、そういう空間で、少女は少女なりの、あるいは大人になりかけたときなりの、「人」とか「生」とかへの思いを育んだ、そういう時間だったのではないかと思う。

一人のときばかりでなく、姉や友だちとも、当人たちにとっては深刻な話をして、身の上にかかわる後々の話もした。

なぜ自分たちの部屋でなく、そこで話をしたのか。そういう場所だと話す気になるのか。人間と、空間の機能とのかかわり合いを考えさせられる。

きっと少女にとって、食卓とか勉強机とかのない、つまり日常から離れた場所は特別で、大人たちには聞かれたくない話、なんとなく隠微なものを秘めた話は、家のなかでも一番陰気でうす暗い、人気《ひとけ》の少ない裏窓下、板敷きの湿った匂いがふさわしかったのだ。

そういう空間が今の住まいには少ない。

幼い者のためばかりでなく、老いた者にも、そういう場は要《い》るのだ。居間とか寝室とか一応の機能を持つ部屋同様、そういう無用の場が要る。ともすれば、目的を持った部屋より、もっと大切なものかもしれない。ほんとうはムダではないのではないかと思う。

家庭を持たない私ですら、いつも無用の場を求めている。人の目的意識や、建築家の空間処理の手から漏れたような場所、そういう場が家のなかに欲しい。だが意図してそういう空間をつくることは、たいそうむずかしいことらしい。

＊室生犀星──（1889～1962年）詩人、小説家。

人は、
やり場のないときに行く
無用な場を求めている。

第三章

世の中は どんどん 変わっている、 自分も 変わっている

年末年始は、筋書き通りに忙しい

年末のある日、重箱かなにかをふきながら、

「どうしてこんな大騒ぎをするの？」

と母に聞いた。

学校がお休みになった姉と私に、母は毎日、矢継ぎ早に用を言いつける。

「部屋の片づけをしなさい」

「ガラス戸を磨きなさい」

「お座敷の手あぶりをふき、百人一首を出しておきなさい」

「元日に着るきもの一揃いを。紐、足袋《たび》を忘れないように」

一年に一度しか使わない酒器やお盆を出して磨き、おせちの栗やお芋《いも》やニンジンの皮をむき、その合間にあちこちへお使いに行かされる。

女学校の二年か三年で、なにごとにも懐疑的になっていた私に、母は、

「お芝居で言えばお正月は舞台で、暮れは楽屋だから大騒ぎなのよ」

と、いともあっさり答えた。

ああそうか、と私はなんとなく納得した。お芝居か。どうりで姉や私の役も毎年定まっている。床の間の軸を掛け替えるのは父の役。元旦になれば朝日を拝んだり、家族同士なのに他人行儀なあいさつをしたり、照れ臭くてやりきれないが、お芝居ならばしかたない。

歳暮のお客も、年始のお客も、玄関先で帰る人、家に上がる人、と毎年だいたい定まっている。たしかに筋書き通り！　私はいとも手軽な納得で、年

末年始なるものに抱いた疑問をいなしてしまった。

おかげで、暦とか年越しの行事についての知識はあいまいなままで、父母なきあとは、その筋書きもあやしくなるばかり。山麓の小屋や海外で年を越したり、増上寺の鐘つきに参り、そこで出会った知人と「おめでとう」と言い合って済ませてきた。

そんなことを百回以上、繰り返し、思い至るのは、歳月というもの、一切は過ぎるということ。

そして、人はその真理には、正面から立ち会いたくなくて、除夜の鐘も一人では聞かず、人の集まるところに出かけて聞く。そこには、うかうか暮らした一年というものを、いなしてしまう下心があるようだ。

母が、年送り、年迎えということに、あのように心を急がせていたのも、子どもにはお芝居などと言っていたのも、心の底は、今の私と同じ心境だったのかもしれない。

ただ、あの頃の大騒ぎには、当今の忘年会などの騒ぎとは違って、あわれ深いものがあったように思う。

大騒ぎして、
うかうか暮らした一年を
いなしてしまう下心。

節分で自分の内なる鬼を追い払う

「前なるは一生よりも長き冬何をしてまし恋のかたはら」

という与謝野晶子《よさのあきこ》の歌がある。

一生よりも長い冬が来るが、恋人と会っていないあいだ、なにをしていましょう、という意味だが、昔は、一生よりも長く感じるほど、長く重い冬ごもりだったようだ。

冬は、明けても暮れても、同じ顔を突き合わせ、言うことは言いつくし、言わなくてもいいことまで、つい言ってしまう。取っておいた食べ物も残りわずか、薪《まき》も柴《しば》もだんだん少なくなり、ああ、春が待ち遠しい、という思いの、上りつめた終《つい》の日が立春だったのだろう。

その日をさかいに、身も心も放たれる。季節を分けるその夜に、豆をまくという気前のいいしぐさは、いかにもときにかなっている。

お互い、家のなかで鬱屈して、心の鬼の一面も出しそうになっていたのを、うまくかわす。鬼やらい（追い払う）というのは、そういうおのおの、内なる鬼をやらうことが、根にあるように思われる。

鬼が、外からその家をねらって攻撃してくるわけではない。

家のなかの人の心に棲《す》みつきそうになってきたので、豆と一緒に追い出すということで、節分は、人の下界とのたたかい。人同士、個人の内向する心に、ぎりぎり限界まできたものを、解放の喜びに切り替える行事で、その表現のしかたが、素朴で、威勢よく、少し滑稽で、またあわれもある。

昔の絵を見ても、鬼は豆に打たれて頭をかかえ、ほうほうのていで逃げるだけで、はむかいもしないし、人も取り押さえたりはしない。文字通り、追っぱらえばいいのである。もともと自分の心に巣食いそうになったものの化身だ。出て行ってもらえばいい。

そして、すべての希望がかけられている春へのふくらむ思いで、心は満ちてくる。顔も「お多福」になってくる。

今は、文明の発達で、長く重い冬ごもりをしなくてよくなったが、だからといって、人の心に棲みつく鬼がいなくなったわけではない。文明とともに、鬼もまた進化している。

鬼は、
自分の心を巣食いそうになった化身。
解放して出て行ってもらう。

男の人の心はわからない

女学生の頃、毎月一冊か二冊配達される文学全集が出始めて、うちでも申し込んであったが、私はむさぼり読んだという記憶はない。

その全集であったか、別の単行本であったか忘れたが、姉が「面白いわよ」と言うので、菊池寛《きくちかん》の『慈悲心鳥《じひしんちょう》』と『真珠夫人』を読んだことは覚えている。

学校の友だちも、『ハイネ詩集』とか北原白秋《きたはらはくしゅう》の『思ひ出』などを貸してくれて読んだが、「なんだかステキだな」と思ったぐらい。

私はさしたる思い入れも持たず、おおかたの時間はテニス。くたびれて夜は早く寝てしまうという娘だった。

そこへ、文学全集の『北村透谷集《きたむらとうこく》』が出て、学校中大騒ぎになった。北村透谷の未亡人、北村ミナ夫人が私たちの英語の先生だったからである。

私が透谷の文学に感動したということではむろんない。友だちのなかには一人や二人、透谷を読解する力のある者もいたかもしれないが、おおかたは読んでも歯が立つわけがない。

ただ、全集に収録されていた、ミナに宛てた透谷の書簡が、学校中の少女の頭上を、嵐の烈《はげ》しさと花吹雪のごとき夢幻さで吹きまくったのだ。

「親愛なる貴孃《きじよう》よ」あるいは「My Dearest」などという書き出しで始まる、旧姓石坂ミナへの文語体の書簡は、綿々たる心情の訴えでありながら、ところどころ英語が交じる格調高い恋文。少女たちが熱に浮かされたのも、無理のないことだった。

数々の恋文を暗唱しあった。

「生《せい》は貴嬢の風采を慕ふこといと永かりし」

「願はくは此《この》レディを以《もっ》て鬱《うさ》をなぐさむる真の友となさまほし」

「小生《しょうせい》は貴嬢と、最も親密なる交際を結ばん事かねてより、のぞみ居《お》りける所にてありし、然《しか》しながらMutual loveに陥らんとは夢にだも想はざりし」

簡単に訳すと、

「僕はあなたを想い続けていた」

「つらいことも分かち合い、真の友になりたいと願っていた」

「あなたと親密な交際で結ばれることを望んでいたが、よもや相思相愛になるとは夢にも思っていなかった」

という感じだろうか。

教室ではヒマさえあれば、夢中になって話し込んだ。

「透谷は欧米の文学も原文で読む天才詩人で、そういう男の人に慕われたミナ先生がうらやましい」

と嘆息する者もいたし、

「でも二十五歳で自殺されて、ミナ先生は子どもを預けて単身渡米し、苦労なさったんだから……」

というわけ知り娘もいた。

当のミナ先生は当時六十歳を過ぎ、M.A.（文学修士）の学位を持つ特別待遇の教師。騒ぎもどこ吹く風といった様子で、英語の時間は少しも変わらず、また少女たちも、先生に若いときの話をしてもらいたいなどということはとんでもない、はしたないことと教えられていたから、やがて騒ぎもおさまった。

私は、身近な女の人の人生を際立ったかたちで示された思いを持った。

それからは、文学全集が少し身近になり、夏目漱石《なつめそうせき》、芥川龍之介をぽつぽつと読み出したが、話の筋を追うだけののんきな読書だった。

歌集の配本がきたときは、与謝野晶子の情熱的な歌に圧倒され、暗記するほど読んだ。母に、たしなみとして歌を詠むように教えられていたからかもしれない。

歌集の巻末の「早熟の少女が早口で物言うごとき」と、与謝野晶子を批判した一文を、今でも覚えている。その評者、斎藤《さいとう》茂吉《もきち》という名を「イジワルおじさん」という印象で私は覚えた。

女学校卒業後は、六歳上の本好きの兄の書架から、気の向くままに取り出して読んだ。そのなかに、『アンナ・カレニナ』（トルストイ）、『春の水』（ツルゲーネフ）、『夜ひらく』（ポール・モーラン）、『昼顔』（ジョゼフ・ケッセル）などの翻訳物を思い出すことができる。

父の書架からは『南総《なんそう》里見《さとみ》八犬伝《はっけんでん》』（曲亭《きょくてい》馬琴《ばきん》）、『唐詩選《とうしせん》』だった。

どういう経路で読んだかは覚えていないが、樋口《ひぐち》一葉《いちよう》は、最初『にごりえ』を読んで、やりきれない思いになったのだが、『十三夜』『たけくらべ』と次々に読まずにはいられなかった。与謝野晶子の歌とはまた別の方角から飛んでくる礫《つぶて》のようなものに打たれる感じだった。

読書しながら、私は妙に寂しくなった。

ぼんやりと感じたことは、与謝野晶子の歌の女の心は「イジワルおじさん」をはじめ、おおかたの男の人にはわからないのかもしれない。しかし、樋口一葉の書く女の心は、男の人にもわかるのだろう、ということだった。時代にも関係していたのであろうが、男の人の心というものは、少しばかりの小説を読んだぐらいでは、私にはわからないと思ったし、百年経った今も、わからない。

少しばかりの
小説を読んでも、
百年経っても、
男の人の心はわからない。

兄が遺した硯で、朱墨を磨る

赤間《あかま》の石の楕円形の硯《すずり》を、数十年来、朱墨《しゆずみ》用に使っている。

二十歳の頃、兄がくれたものである。当時、結核を患い療養中だった兄は、書は私よりもずっとうまく、中国の古い書の知識も深かった。

私がかねてからその硯を欲しがっていたのを知っていて、兄にとっても大事なものだったにちがいないそれをくれたのだ。病の篤《あつ》いことを自覚していたのかと思うと、つらかった。

ある日、稽古の帰りに銀座の鳩居堂《きゆうきよどう》に寄る用事があって、電車で尾張町《おわりちよう》の角に出て店に入ろうとしたとき、不意に抱えていた風呂敷包みを落とした。

落としたというより、落とすはずのない持ち方をしていたものが落ちたのだった。

私は急いで拾い上げ、かがんだ膝の上で、風呂敷の結び目をほどきながら、なんとも言い知れぬ胸さわぎに襲われた。膝が、がくがく震えた。

硯は、本体は無事であったが、蓋が大きく割れていた。

店には寄らず、まっしぐらに家に帰った。

兄は亡くなっていた。

抱きしめて帰った硯と壊れた蓋を兄の枕元に置いた。母に、兄の息を引き取った時刻を聞くことが私にはできなかった。

当時は不治の病とはいえ、療養していた若い兄に、一縷《いちる》の望みを持ち続けていた。私は、父からいろいろ教えられたが、感覚的には、同世代のこの兄の影響が大きかった。私に、褚遂良《ちよすいりよう》や貫名海屋《ぬきなかいおく》を教え、會津八一の書を最初に見せてくれたのも兄だった。

夏雲の白き光をよしといい　われにも指しし若かりし兄
椅子に寝て空を見つめていたりけり　その大空に今は往きけん

私がつくったつたない歌を、その頃の私の短歌の師の中原綾子《なかはらあやこ》先生は、読んで泣いた、と言い、ある雑誌に載せてくださった。

それから何年か経って、この蓋のない石の硯を、私は朱墨用に使うことにした。

古い墨の残りを、洗いに洗い抜いて、明るい色の朱墨を当てた。硯の再生を希《ねが》う、せめてもの心だった。

私は、今もそれで朱を磨《す》っている。

作品の一隅に、署名の代わりに、ごく少量の朱を入れることがあるが、そういう折々に、兄に見せたい、見てもらいたい、とふと思う。

＊**褚遂良**―中国、唐代初期の書家、政治家。
＊**貫名海屋**―江戸後期の文人書画の巨匠、儒者。
＊**中原綾子**―（1898〜1969年）歌人、与謝野晶子の高弟。

病に伏し、
兄は空を見つめ、
空へ往った。

書き損じの紙に埋まって、書き続けた

家で、「炎」という字を書いていた。
書いても、書いても、気に入らない。
朝から晩まで、何十枚もの反古《ほご》（書き損じの紙）に埋まり、筆をとったり
置いたり。だが、心に適《かな》う「炎」は一字もできない。
止《や》めよう、と思うのに、なぜか止められない。
くたびれて投げやりになる。
筆に墨をふくませることも面倒。
墨がかすれるほどに、「炎」も消えていく。

文字を書いているという意識は次第に薄れ、しまいにはただ、点と線を書いているにすぎない状態になってきた。

ふと「あっ、この線はいい」と、今そこに書けた（書いたのではなく、書けた）線に見入る。これは少しマシかもしれない。こんな自然な線は、今まで私は書けたことがない。これはいい線いっているかも……。

おめでたい性格だが、その瞬間、少しはいいような気がした。

だがすぐに、これは「炎」という文字にはなっていない、と気づいた。

長短数本の線と点がもつれていて、誰も「炎」とは読めないだろう、と思った。

「炎」という文字が持つ決まりごとがなくなっていたのだ。

こういうことは、前にも幾度もあった。筆が勝手に背き、私がそれを呼び止めるということが。しかし、そこにはなにかが生まれていた。書としては通用しないが、あるかたちができていた。

私は好きな字を書いていても、それが自分でつくったものでないことが物足りなかった。文字の創造者がねたましかった。

ねたましい、とははしたないことと思い、私は、自分の心のかたちをつくりたいと希うようになっていった。そして、書としては通用しないけど、ヘンな文字は、自分の心のかたちの兆しかもしれないと思った。

文字を書いている
意識が薄れ、
自分の心のかたちが兆す。

暗いなかで、心が光と水を求める

もともとが自己流の字を書いていたのだから、そこから一歩踏み出せば、なにか生まれる、なにかつくれる、と思っていた。

だが、東京はもう焼夷弾がバラバラ落ちてくるようになり、防空壕に入ったり出たりの生活。ぬらした座布団でたたいて火は消していたが、とうとう家が半分焼けた。郊外だったからこの程度で済んだが、東京の中心部は全滅となった。

私は老父母と妹を連れて山奥の借り家に疎開し、少しばかりの衣類をお米やお芋に換えて暮らすこととなった。三日に一度、老いた両親と身ごもった妹の代わりに、私が一里（約四キロメートル）の山道を十五キロの食料を背負って上った。帰り道、日が暮れて大雪になり、死ぬかと思ったこともある。

やっと戦争が終わった頃、私は過労と栄養不足で肺を侵されていた。借りていた社宅は社員が戻り、明け渡さねばならず、宿屋の二階を借りて、そこで二年間の療養生活を送った。父母と妹の世話になって回復し、東京に戻ってきたが、私の「若い日」は終わっていた。

しかし「新しいかたち」への思いの芽だけはまだ若く、暗いなかでも光と水を求めていたらしく、戦後のがれきのなかでも、なんとか伸ばしたかった。焼夷弾、大雪、肺病、と三度、死をくぐったのだから、この芽はなんとか育てたかったのである。

日本はまだ食べもの、着るもの、すべて不自由だったが、精神の自由は取り戻され、外国の情報も入るようになり、私の「新しいかたち」も内外の人々の目に少しは留まるようになっていった。

戦争は終わった。
私の若い日も終わっていた。
まだ、思いの芽は若かった。

自分のやりたいようにやる人生がいい

戦後、ニューヨークへ渡航することになるまで、思い起こせば、幾つかの悲しい出来事があった。

東京に戻り、再び、長男の家族とともに暮らした父母のうち、まず、父が病気で亡くなった。そのとき、父が私に残した遺言については、これまでも書いてきたが、「結婚するように」とあった。

父は、明治に変わる前の、慶応三年に生まれて、たいへんに封建的な人だったから、女性が一人、この世を生きていけるわけがないと考えていた。子どもの頃と変わらず、年中、私に、ああしろ、こうしろ、と言っていた。だから、遺言状の「結婚するように」という文言を見たときも、いつも口にしているることをまた言っている、とさして驚くことはなかった。

そのときに、父から譲り受けた硯、数本の掛け軸などは、渡米中の留守宅に泥棒が入って、持って行かれてしまったが、父が尊敬してやまなかった漢学者の杉山三郊《すぎやまさんこう》先生から父宛にいただいた手紙は、表装して今でも飾ってあり、父が愛読した漢籍（漢文の書物）はしまってある。

女学校へ一緒に通っていた三歳上の姉も、この時期、病死した。四十歳だった。母は、「私が代わってやりたかった」と嘆き、悲しんだ。

その母も、その一年後ぐらいに亡くなった。母は「男の人に頼る生活をしないで生きていかれるなら、それでもいい」と私に言ってくれた。おそらく、自分のやりたいようにやる人生のほうがいい、と知っていたのだろうと思う。

明治十七年に生まれた母は、忍従の人だった。父と家族を思い、尽くす人生だったが、心のどこかで、私ならやっていけるだろう、と評価してくれていたのだと思う。

母の好みは地味で、譲り受けた着物もたいへんに地味な色のものだった。そのなかの一、二枚に私は刺繡を施して、着ている。

父も母も、私の作品がどうやら、人々の目に留まっているらしい、という時期に他界した。

その後、私は、銀座で個展を開くことになり、その頃、新進の建築家だった丹下《たんげ》健三《けんぞう》さんにディスプレイを依頼し、石を使った会場に、作品を展示した。

まさか、この数年後にはアメリカへ行くことになるとは、つゆも思わず、父にとっては親不孝な娘のまま、私は仕事を続けた。

＊杉山三郊――（1855～1945年）書家、漢学者。杉山三郊は号で、通称は杉山令吉。外務官僚として、日清講和条約の条約文作成、海軍史編纂などにも携わった。

「頼る生活をしないで
生きていかれるなら、
それでもいい」
と母は言ってくれた。

第四章

ほかの生き方があったかというと、これしかなかった

涙が出そうになるのをこらえた

一九五六年九月に、私は初めてアメリカへ行った。

夕方、羽田空港を発《た》った機は、プロペラの飛行機だった。

日本旅客機の国際線はまだ就航していなかった。私が乗ったのはノースウエスト航空で、乗員も乗客もほとんど外国人。日本人は男の人一人と、私だけだった。

半世紀以上も前のことなので、ニューヨークまで何時間かかったか、今ではすっかり忘れてしまったが、妙に忘れられないのは、途中、給油のため降りた小さな島の景色である。

太平洋のただなかの、その小島は無人島だった。シェミア島といって、給油の施設があるだけで、人は住まず、ぼうぼうと生えた草が風に吹かれているだけ。鳥も飛んでいない島だった。

時刻は夕方か明け方か。初めての海外に判断がつかず、薄明というよりは薄暗で無音。広大な天と海のなかに置かれた荒涼とした一面の土の上だった。乗客は一軒の小屋のような建物に導かれた。少人数だった。さすがに建物のなかは暖かく、だが人々はあまり口をきかず、心細そうに目と目を見合わせていた。

搭乗したときから日本語は一切通じない機内で、心細いどころではない。緊張の連続だった私は、小屋の窓の外の風に吹かれる草の穂が、これからの私のアメリカでの一人暮らしを暗示しているようで、涙が出そうになるのをこらえていた。

乗員の人が熱い飲み物を配ってまわった。

そのとき、私のそばにいた乗客の一人が、乗員の手のお盆の上からナプキンを一枚とって、私に渡してくれた。

驚いた。戦後まだ窮乏の続きのような暮らしであった日本では、男の人が女の人にナプキンをとってくれる習慣はなく、私はハッとして、ぎこちなく受けとり、同時に「ここはアメリカ」と実感した。

人の住んでいない島でも、ここはまぎれもないアメリカの国。私が最初に踏んだアメリカの土だった。そこで未知のアメリカ人がナプキンをとってくれた。

今も昔もおめでたい私は、少し気を良くし、羽田を発つときに、心細さのあまり、行ってもすぐ戻ってくるかも、と人に言ったことなど忘れ、熱いレモネードをすすりながら、だんだん心も温かくなっていくのだった。

すると、窓外で揺れる草の穂も、ふと自分が描いた墨の線に似ている、などという思いもしてきて、未知の国に行くが、私には別送した七十点の作品がある。展示の画廊も決まっている。何人かの友人もいる、と心が落ち着き、シアトルに向かう機への足どりも軽くなった。

シアトルに着くと、日系二世の日本語の上手な職員が迎えに来てくれて、空港内の食堂に案内してくれた。夜だった。

ニューヨーク行きが出るまで一時間以上待たねばならなかったが、空港を離れることは許されない。知人の知人である女流画家が空港で待っていてくれて、お茶を飲みながら、アートの話をいろいろしてくださった。

ニューヨーク行きに乗ったとき、つくづくアメリカは広い、と思った。そして羽田を発った日が遠い日のように錯覚した。幾度寝て幾度起きたのか。何度食事をしたのか。ぼんやりした頭と眼で、やがてマンハッタンの夜の光を上空からとらえた。

給油など必要なくなった今、あの島はどうなっているのだろうか。

できればもう一度、私を本気でアメリカに向かう気にさせてくれた、あの島の風に吹かれたい気がする。

無人島で、
風に吹かれる草の穂に
我が身を重ねる。

私を立ち返らせたニューヨーク

どちらかというと、私はよく歩くほうだったと思っている。

父母の家も郊外だったし、私自身も、都心住まいより郊外住まいが多かったから、どこへ行くにも私鉄の沿線に沿って、草の多い道を、雨のなか、風のなか、歩いたものである。

ニューヨークに住んでいたときは、マンハッタンの街なかだったが、歩道の広い通りを歩きに歩いた。

初めに住んだのは、イーストリバーに近い八十一丁目で、リバー沿いの公園歩きは日課だった。同じ八十丁目台にあるメトロポリタン美術館には、毎週、通いつめた。同じ八十丁目台にあっても、広いアベニューを四つ横切らなければならないから、道のりは相当あった。あの厖大《ぼうだい》なコレクションを一日に一部門、エジプトアート、アジアアート、ギリシャとローマアートと順々に観て歩いて、四か月ぐらいかかった。

春が終わり夏に入ると、メトロポリタン美術館の庭や続きのセントラル・パークの緑は、グリーンもグリーン、さわれば手のひらにグリーンの絵の具がべっとりつくのではないかと思うような緑色になった。日本の夏はしたたる青葉というが、ニューヨークに比べれば、控えめな緑だったんだな、と思ったものである。

緑ばかりではない。館長室でお茶をごちそうになったとき、さりげなく開けてくれたチョコレートの箱。長さ五十センチ、厚み二十センチぐらいあるハート形の箱の封を切ると、チョコレートがびっしり並び、あげ底なしの数段詰めだった。思わず、日本に送ってあげたいと思うほど、あふれんばかりの量だった。

一九五六年、まだ日本人はそういう思いでアメリカにいたのだ。

その頃、私は緑陰のベンチに座って、ここは控えめにする理由はなにもない国柄なのか。控えめは美徳にはならないのかもしれない、と感じていた。着いて一年近く経とうとしていたなか、画廊との契約、移民局での滞在延期の交渉などで、少しずつ考えさせられていた。

ニューヨークの夏はかなり暑い。たいていの画廊は六月半ばから九月半ばまで休暇で、芸術家たちもみなどこかへ行ってしまう。私はそんな身分ではないので、知人の画家夫妻がニューメキシコの別邸に避暑しているあいだ、彼らのグリニッチ・ビレッジのアトリエに住まわせてもらうことにした。

そこでの二か月間も、私は歩きまわった。

ビレッジの魅力を前に、暑さはものともしなかった。隅から隅まで、買い物は買い物だけで済まさず、郵便出しは郵便局だけで終わらさず、足の向くままついでに歩きまわった。

路上で絵を描いて売っていた人たち、手製のバッグをつくって売っていたおばさんの店、スペイン人のコーヒーショップ、日本の骨董店、「日本人はサカナがわかる」と言ってお魚を安く売ってくれたリトル・イタリーの店、

O・ヘンリーの小説『最後の一葉』の情景そのままにツタがからんだ二階の窓……。

何十年経っても、私のなかのグリニッチ・ビレッジが変わらないのは、それだけ印象が強かったからだが、と同時に、そのときの私の心境にも関係していたと思う。

かなり困難な渡米を果たし、ビザは最長二か月だったが美術館や画廊の力を借りて、滞在延期の許可を繰り返し取っていた。世界中から来た芸術家がひしめくこの都会で、運よく、そこそこにいいギャラリーで個展を開いたが、もう一度発表したい、それが実現できるかもしれない、と思い始めていた。

また、ニューヨークには、私の制作上の迷いを取り払う空気もあった。

なかでもビレッジには、心にしみる濃い空気が流れていた。それは、人間の心の底の深い悲しみの色合いを感じさせるもので、もろもろの表層の現象の内側に、私を立ち返らせてくれた。

すぐ近所に、偉大な作曲家、バルトークがかつて住んでいた部屋もあった。そこで、彼は極貧で電灯を止められ、ろうそくの灯で名曲、無伴奏ヴァイオリンソナタを書いたという話は、私の胸にしみた。

九丁目の書店で、本の立ち読みをしている若い人の横顔、その書店で孔雀《くじゃく》の羽根をおどおどした声で売っている少女、ワシントン・スクエアで、朝から晩まで聴く人がいてもいなくても、ギターを弾き語る若者。

私は意識的ではない共感を持てたのだった。それは、戦前、戦中の私の青春の時期に持つことのなかったものである。

秋が来て、画家夫妻が戻り、私は八十一丁目に帰ったが、しょっちゅうバスでビレッジに来ていた。公園の木々は黄ばみ、並木の葉が道端に立てかけた絵に落ちかかり、店々の品も人の身なりも色合いを深め、一帯に灰紫色の一刷毛《ひとはけ》をはいたような街のたたずまいが、忘れがたくよみがえる。

その後、私は、シンシナティ、シカゴ、ワシントンD.C.などで個展の巡回をして、最後、サンフランシスコから日本への帰途についた。

ニューヨークを歩きまわっていたあの頃を、私の心のうえの「若い日」としたいと思う。

遅まきながら、
心のうえの
若い日を取り戻す。

離れているから、思いはつのる

遠いこと、遠いものは、美しく見える。

昔の人は、遠いことに思いを寄せ、あこがれを育ててきた。歳月と空間の遠さに、見得ぬもの、とらえ得ぬものの存在を信じたり、それを思い見る心の手だてを生んだりした。

遠方人《おちかたびと》などという言葉も、もうそれは美しい人にきまっているような語感を持っていた。遠い人、遠いところにいて、ちょっと逢えない人。そう思うだけで、相手を美しい人にしてしまう。

万葉と平安の人々は、「遠い」と言わず「おち」と言った。だから、遠いところにいる人を、おちかたびとと言ったのである。

孔子《こうし》様は「朋《とも》あり遠方より来たる、また楽しからずや」と『論語』で述べている。島国の日本も、昔から遠いところから来る人を大事にし、入ってくるものに大騒ぎした。時間や空間が、遠ざかれば遠ざかるほどに求めた。

そして、身近なよきものを知らないで、遠いものを、上等舶来などと言ってきた。でも西洋も少しは東洋にあこがれていた。

「アメリカのインテリが、パリと京都という名を聞いたり話したりするときに示す表情と眼差《まなざ》しは、京都のほうがより夢幻的である」とボストンのある大学教授が私に言ったのである。一九五〇年代のことである。

今はすぐに行き来できるが、アメリカ東部からだと、京都はパリより遠く、すぐ行くことができれば気持ちのケリがついたが、なかなか行くことができなかったから、心の渇きは増幅した。

ニューヨークに暮らしたとき、日本のさまざまのことが違って見えてきたり、思われたりした。それは、ただ美しく見える、遠目とは違う。異質の空間にいて、そこの風の匂いや土の色は、日本の匂いや色の意味をあらためて思わせてくれたのである。見えてくるものが、むしろ日本にいたときよりも近づいてきたことすらあった。そして、東京では抱いたことのない、一種、ふしぎな切ない悲しみに似たものが心に宿った。距離が醸すものをかたちにしたい、とそのとき私は願った。

昔は、隔たりの美、というものがあった。遠いことへの思いがつのり、日本の文化や芸術のもとにもなった。はたしてインターネットの発達は、どんな美をつくるのだろうか。

遠いこと、
遠いものにあこがれ、
人は文化や芸術を育んだ。

杉の香りがなつかしい昔に連れ戻す

富士山麓には、まだ少しは原生林の面影の残っている林がある。

ある夏の午後、ハリモミの林から杉林を歩き抜けると、街道に出た。三人連れの女の人たちが、私の前を横切って行った。

彼女たちは、いかにも避暑地らしい、しゃれた身なりで散歩していたのだが、不意になんともいえない感じに襲われて、私は立ちすくんでしまった。匂いであった。

彼女たちの香水の匂い、と気づいた。異様だったのである。私はふだん、香水は用いないが、人がつけている香水を特に嫌うほどでもない。強すぎないかぎりは、いい匂いだと思うこともある。

だが、そのときの私は、明らかに違和感を抱いた。異質なものへの拒絶反応というものがあった。

我知らず林へ引き返し、杉の幹にもたれて、しばらくぼんやりしていた。樹木のあいだを縫って来る風が、今しがた侵入した人工の匂いを次第に消してくれていた。ふっと、遠い日の記憶がよみがえってきた。匂いの記憶。数十年も前の、杉の匂いがよみがえった。

それは、マンハッタン五十七丁目のビルの五階の画廊でのことだった。私は初めてニューヨークで個展を開くことになっていた。着いた作品の荷物を解いていると、荷物からなんとも知れない、いい匂いが漂ってきた。

画廊の女主人が私を見て言った。

「トーコーの絵はなにを使っているのか。いい匂いがしてくる」

仕事を手伝っている若い男の人たちも、口々に言う。

「これが墨の匂いだろうか。なんといういい匂い」

墨の匂いではないと思いながら、私もなんの匂いかわからない。

外箱が開けられて、作品が出てきた。

一点一点の作品のあいだに杉板があてられていた。杉の匂いだった。

仮梱包で私の仕事場から持ち出されたので、私は、本梱包がどうなっているかは知らなかった。一枚一枚の杉板は無垢《むく》で、裏側に四、五本の桟《さん》（横木）が打ってあった。木の色も柾目《まさめ》も、美しい秋田杉だった。

画廊の人たちは、一様に感嘆の声をあげた。

私の作品にではない。作品はまだ紙に包まれている。

「日本ではラッピングがアートだ」

「ミスシノダ、どうぞこの板を私に一枚ください。部屋に立てて、毎日この匂いを嗅ぎたい」

「日本のシーダー（杉）がこんなにいい匂いとは知らなかった」

「それにしても、信じられないようなぜいたくな包みかた……」

ギャラリー中、すっかり杉板に魅せられてしまい、かんじんの作品が出てきても、すでにみなはいかれた表情で、私はちょっと拍子抜けした。

私が作品梱包を依頼したN氏は、東京一の美術梱包の名人といわれていた人。

「船がパナマ運河を通過しても、ムレないよう、虫もカビもつかないようにしてある」

と言ったことを思い出したが、ギャラリーいっぱいに、日本杉の香りを送り込んでくれようとは、思いもよらないことだった。

今、思い出しても、あの杉の香りは、初冬のニューヨークの乾いた空気を突き抜ける、生のものの持つ、いのちの香りだった。「香に立つ」という言葉にふさわしいものだった。

おかげで私は、心細い初めての外国で、まずまずの滑り出しができそうな気持ちになれたのだった。

香りは目に見えないものだけに、かえって感覚の記憶が失《う》せないようだ。ことに自然の香りは、なつかしさを呼び起こす。

このときは、数十年も前の、時間と場所に連れ戻してくれた。

香りは
目に見えないだけに、
感覚の記憶が失せない。

機械音が身のまわりの音に取って代わった

以前にくらべて、心を留める音が、身辺に少なくなったような気がする。

心を留める、というのは、その音にふと心が惹《ひ》かれることで、あらかじめ聴こうとして聴く音楽もあるが、どちらかというと自然の音。たとえば、風の音とか波の音。そして人がなにげなく立てる物音のたぐいである。

とにかく、都会ではやたらといろいろな音が押し寄せてきて、なかには心惹かれる音も混ざっているのかもしれないが、さまざまな騒音にかき消されて、心耳《しんじ》を澄ます、というような音には、なかなか出会わない。

人は、コンクリートの箱のなかに住み、外部の音は遮断できたつもりでも、空調機は機械の音を立て、インターホンや携帯などの電話も機械音。昔の訪れの人声、門や格子の開閉の音も耳にしなくなった。

私は、少女の頃、隣室の母の立てる物音に耳を澄ましたのが、心を留めた音の始まりだったように思う。

母がなにか片づけものをしていたらしい。キュッ、キュッ、と紐を締める断続音が快く聴こえたのは、キュッ、キュッ、が生き生きとした弾力ある音で、リズムがあったためでもあろう。きっと心楽しく片づけものをしていたので、まだ若かった母の心のリズムだったかもしれない。きものの衣擦《きぬず》れ、畳の上を摺《す》る足音、扇をはたはたとさせる音など、よき音、として心惹かれた。

人と人のかかわりも「おとずれ」「おとなり」と「おと」という言葉から

始まる。しかし、その音を機械に任せてしまってから、人と人のあいだも、あわれが浅くなったような気がする。

戸に霧雨のあたる音、落葉や霜を踏む音、熊笹を吹き分ける風。昔は毎日、そんな音に囲まれて暮らしていた。

学校まで小一時間、私は姉と歩いて通っていたが、霜も踏めば若草も踏んだ。竹の皮がぱさりとはがれる音を、藪《やぶ》のそばを通るときどきに聴き、はっとした。橋の下をゆく小流れの雪解けの水音も聴いた。

今でも、そら耳にそういう音を聴くことがあり、堪《た》えがたいほどに、その頃がなつかしくなる。目よりも耳に宿る印象は強いように思われる。

町のなかも、筆をつくっている店の前を通ると、いつも竹を切る音がしていたし、数珠《じゅず》を磨いている家の、珠《たま》と珠との擦れる、かそけき音などは、ふしぎと鮮やかに耳によみがえる。

人が立てる物音、自然の音。それらの持つ深い息づかい、繊細さ、豊かさ、そういうものが聴き取りにくくなったことは寂しい。機械の音が、失われたそういう音に代わりえるかどうか、疑わしい。

私は、音をかたちに置きかえるような気持ちで筆をとることも多い。音を墨いろに託すのであるが、特にその意識なく描いた墨いろから、音が聴こえてくることもある。それらはいつも遠い日の音である。

生前、モダン・ジャズ・カルテットのジョン・ルイスさんが、

「あなたの墨の色のなかには、私が表現したいと思っている音がある」と言ってくれたことがあったが、遠い日の音は、古今東西、人の心を留める魅力を持っているように思う。

耳によみがえる昔の音、
今はもう聴こえなくなった。
人と人のあわれも浅くなる。

囲みのなかに字を書き入れるのは不得手

定められた用紙などに、ボールペンなどというもので字を書き込むことが、私は実に不得手だから、つい人にやってもらう。それで、ますます不得手になるというお決まりの筋道である。

いろいろと配付されてくる用紙は、見るだけで気が滅入る。しかし、どうしても自分で書き入れなければならないときもままある。

囲われたなかに字を書くことのつらさ。

そのうえ、欄外に「楷書で書きなさい」とか、「数字はアラビアなんとか」「宛名にふりがなを」「該当するものに○を」……。注文書きを見れば見るほど、書く意欲を喪失していくのがわかる。

こんなことではダメだ、と気を取り直し、書き入れを始めるが、必ず字を間違える。消して隣に書こうとしても、囲みは非情な空間であるから、余白はなく、確実にはみ出す。終わりのほうは、追い詰められた格好でみじめである。

やはり人に頼めばよかったと思うが、用紙は一枚しかない。

「人が家の中に住んでるのは、地上の悲しい風景である」という、萩原朔太郎《はぎわらさくたろう》の詩を思い出す。囲みのなかに字を書き入れているのも「悲しい風景」ではないかしらと思いあぐね、返事や提出は遅れてしまう。

昔から、私にとって字を書くということは、なにもないところに書く、ことだった。白い紙を展《の》べて、どこから、どのように、なにを、というところから書くことが始まる。昔は、紙を広げるとは言わず、紙を展べる、とごく普通に言っていた。

線や囲みに導かれたり、頼ったりしてはならない。私自身の内的自律、自分でやっていく性格は、相当に強固らしい。

学校の習字の時間では、線のある下敷きの紙を裏返しにして使っていたことを思い出す。手を貸してもらわない、規制もされない、というのが小さいときからの私の書くことの掟《おきて》だった。

今、こうして原稿を書くのも、白い用箋にただ書き流すやりかたで、一行何字とも何行とも計算しない。原稿用紙五枚とか六枚とかのご注文は、頭のどこかにあるが、とらわれると思いも湧かないし、文章にもならない。あとで原稿用紙に事務的に書き写し、長過ぎれば捨て、足りなければなんとか補う。

囲みの線を前にすると、思いというものも尻込みする癖がついてしまったのか。いずれにしても、これからなにかを書く、という場は、空の空、なにもないのがいい。

＊萩原朔太郎――（1886～1942年）日本近代詩の父と評されている。

規制されない。
頼らない。
なにもないところに
字を書きたい。

趣味はぼんやりすること

私ぐらい無趣味の人間も少ないらしい。

「趣味は？」と聞かれると、いつも困る。

「ありません」と答えても、そんなはずはない、という顔をされる。

「それでは音楽は？」と聞かれる。

好きだが、とりたてて趣味としているわけではない。

「スポーツは？」

「いたしません」

「ガーデニング？」

「いたしません」

まことにそっけない。まさか、朝寝坊と夜更かしが趣味だとは言えない。

私は夜更けに一人で、用もなく起きて、ぼんやりしているのが好きである。寝てしまっては、今日という日がなくなる。ときを惜しむ、という心が、夜更けになると、悠然と湧いてくるのだ。

用事の組み込まれた時間は、いやおうなく現実的な色合いを持つから、本当に時間らしい時間、無垢な時間は、夜更けしかないのだ。そういう時間を、してもしなくてもいいことに使うのは、実に楽しい。なんにもしないのは、さらにいい。

仲間、道具、お金など、もろもろの面倒なものは一切いらないので、なまけ者の私に向いている。ぼんやりと、思うことが涸《か》れなければ、この趣味はいつまでも尽きない。

しかし、私の思いは、私のつくるもののなかに、かたちとして表われてくる。

つくっているもののかたちを見て、そのことに私は思い当たる。つくられたものは、私の思いの、いわば可視的なかたちになっている。

趣味、と思っていたが、もしかしたら仕事の一部ではないのか……。

ということであれば、趣味らしき趣味はないのかもしれない。

してもしなくても
いいことをする。
なにもしなければ、
さらにいい。

桃紅という名前の由来

「桃紅」は美しい名前だと、よく人様がおっしゃる。

うるさいお人は、「お名前負けしないように」と言う。

それは「桃紅」が中国の古い書物『詩格』の「桃紅李白薔薇紫」という句からとられていることを知っている、学問のあるおかたである。

句のなかに出てくる「李白《りはく》」といえば、学問のない私でも知っている。

放浪とお酒を愛した唐代の大詩人。

「一杯一杯また一杯、私は酔っていて眠りたい。明朝よければ、琴を抱いて来てくれ」という詩には、昔からあこがれていた。ときの皇帝、天子様からお呼びがかかっても、飲んでいれば無視したのである。

李白と並ぶ名前なんて、まことに気の張ることである。身のほど知らず、と思われるかもしれない。

けれども、これは、桃は紅《くれない》、李《すもも》は白、バラは紫。春風は一様に吹くが、花の色はそれぞれ、といった意味の句である。父が私の生まれ月、三月にちなんで「桃の紅」としてくれたのである。

昔、ある春、北九州を歩いたとき、本当に紅の色をした桃の花をたくさん見た。農家の庭先や山すそなどに、それは燃え立つ紅《あか》さで咲いていた。土地の人は、それを緋桃《ひもも》と呼んでいたが、東京あたりでよく見かける、桃色の花とは別の種類の花のごとく色濃く、まさに大伴家持《おおとものやかもち》の歌の世界、「紅にほふ　桃の花」(桃の花が真紅に色づいている) だった。

そのとき私は、この燃える紅の花のように、私の水墨を深めていかなければとあらためて思った。

＊「春の苑《その》　紅にほふ　桃の花　下照《したで》る道に　出《い》で立つをとめ」――大伴家持『万葉集』巻十九－四一三九

燃え立つ
紅の花のように、
自らを深めたい。

叶わぬ願いを抱く

秋も半ばの十月、気分を変えに昨夜から山麓の小屋に来た。

そして今日は一日中、不二《ふじ》を眺めて暮らした。不二とは、富士山のことである。私は、富士山は二つとない山だから、不二と書くほうが似合っていると思っている。

明け方、不二は燃える真紅だった。そして昼は群青、午後は水色、夕方は紫紺に、山は優雅に衣更《ころもが》えをし、そして一日中、次々と雲を生み出し、その雲たちを遊ばせていた。

ある雲は白く軽やかに巻き上がり、ある雲は鈍く銀色に光る。伸び上がろうとする雲や、それを見上げているようなかたちの雲、流れるものや消えるもの、どの雲も、不二の前うしろで楽しそうに見える。

不二自身も、ときに薄絹一片《ひとひら》を、粋に肩にかけていたりする。そうすると、ほかの雲どもは、ふしぎと払われたように退場する。

やがて、ひと筆で刷《は》いたような夕雲がたなびき、夕焼けの金の縁どりが薄れていき、山はしばらく暮れかかる。

月が出て、八合目ほどまでの雪が白く浮き出てくる。

ひと筆の横雲のなごりを惜しんでいた私もわれにかえる。

そして、こういう具合にものをつくり出し、納めることができないものかと思う。数十年来、山眺めのたびに、おろかにも叶わぬことを思うのである。

明け方は真紅、昼は群青、夕方は紫紺。
不二は優雅に衣更えし、雲を生む。

それまでの自分から抜け出る

外国の記者によく聞かれた質問である。

――あなたは墨の作品をつくっているが、色を使いたいとは思わないか？

「私は墨のなかに、あらゆる色を見ているつもりです」

――それは、東洋の禅の思想に通じるものなのか？

「禅については、ほとんどなにも知らないので、墨と禅が結びつくかどうかわかりません。ただ、幼いときから墨と付き合ってきて、おのずから、そこに無限の色を見るようにはなりました」

——たしかに、水墨で描かれた山は、青に塗った山よりも、もっと青を感じさせることがある。目に見えずして感じさせることは、文学でいえば詩の領域に近いと思う。

「詩が言葉のエッセンスであるように、線がかたちのエッセンスでありたいと、私も思っています」

——あなたの線は、大胆で確信に満ちていると感じる。

「確信は持っていませんが、捨てていいと思われるものをそぎ落としたのが、今の私の線だと思っています」

——そぎ落とすことは、加えることより難しくないか？

「無駄なことが山ほどあっても、たくさんのもののなかからそぎ落とすほうが、少ないところからそぎ落とすよりも、信じられると言いますか、いい気がします。初めから少ないよりも、信じやすい。もちろん、初めから少しのものを信じることができれば、たいしたものだと思います」

――色ではなく、金や銀などの光を加えているのはなぜか？

「色は、感覚的にはわかりやすく単純ですが、どこか浅い感じがします。光は根源的で、色を識別するもとです。光がなければ色は見えません。しかし、光そのものには色はない。色とは、ぜんぜん違う質のもので、色をつくり出す力があります。この世は、光と闇でできていると言います。私も、金、銀、プラチナ箔のバックに描くことが増えました」

――あなたの、文字でもなくかたちでもない水墨のイメージは、いつも心にあるものなのか？

「心には、いつもあふれるほどイメージがあります。しかし、かたちにすることが非常に難しく、苦しいです。心にあふれるもののなかから、多くのものを捨てていく行為で自分を引っ張り続けています。そして、あるイメージが熟して成った、と思ったとき、私はそれまでの自分から抜け出ていることを、いつも感じます」

——その瞬間は、さぞかし大きな喜びでしょうね。

「喜びというより空虚な気持ちになります。さきほどの禅ではありませんが、ほんの少し、『無』をかいま見るような気はします」

そして私の若い友人が、最近こんな質問を加えてきた。

——その「無」とは、どういうものなのか?

「人が眠って夢を見るようなものです。夢を見たとも言えないけれど、見なかったとも言えない。一瞬、心に見たような気がする、という感覚です。夢を見ました、ではなく、夢を見たような気がする。そのくらい曖昧《あいまい》な感覚です」

苦しんで、
捨てて、
最後熟したとき、
「無」をかいま見る。

苦しんで、
捨てて、
最後熟したとき、
「無」をかいま見る。

作品を収蔵する主な美術館

アート・インスティテュート・オブ・シカゴ
イェール大学付属アートギャラリー(コネチカット)
オルブライト＝ノックス・アート・ギャラリー(ニューヨーク)
菊池寛実記念　智美術館(東京)
岐阜県美術館
岐阜現代美術館
クレラー＝ミュラー美術館(オッテルロー)
グッゲンハイム美術館(ニューヨーク)
シンガポール・アート・ミュージアム
シンシナティ美術館
スミス大学付属美術館(マサチューセッツ)
スミソニアン博物館(ワシントンD.C.)
大英博物館
ティコティン日本美術館(イスラエル、ハイファ)
デン・ハーグ市美術館(オランダ)
ドイツ国立博物館東洋美術館(ベルリン)
東京国立近代美術館
新潟市美術館
フォッグ美術館(マサチューセッツ・ハーバード大学)
フォルクヴァンク美術館(エッセン)
ブルックリン美術館(ニューヨーク)
ボストン美術館
北海道立函館美術館
メトロポリタン美術館(ニューヨーク)

作品を収蔵する主な公共施設など

アメリカ議会図書館（ワシントンD.C.）
東京アメリカンクラブ
川崎市国際交流センター
京都迎賓館
京都大学福井謙一記念研究センター
皇居、御食堂
皇室専用の新型車両
国際交流基金（東京）
国立代々木競技場貴賓室
国立京都国際会館
増上寺本堂（東京）
在フランス日本国大使館（パリ）
在アメリカ合衆国日本国大使公邸（ワシントンD.C.）
日南市文化センター（宮崎）
日本外国特派員協会（東京）
日本銀行（東京）
ローマ日本文化会館
沼津市庁舎
フォード財団（ニューヨーク）
ポートランド日本庭園（米国、オレゴン）
ロックフェラー財団（ニューヨーク）

ほか多くの企業、ホテルなどに収蔵されている。

本書の第二～四章は、以下の書籍から抜粋し、
大幅に加筆修正のうえ構成しました。

『墨いろ』（一九七八年）
『朱泥抄』（一九七九年）
『おもいのほかの』（一九八五年）
『きのうのゆくえ』（一九九〇年）
『桃紅　私というひとり』（二〇〇〇年）

この作品は二〇一五年十二月小社より刊行されたものです。

幻冬舎文庫

●最新刊
消滅 VANISHING POINT（上）（下）
恩田　陸

超大型台風接近中、大規模な通信障害が発生した日本。国際空港の入管で足止め隔離された11人の中にテロ首謀者がいると判明。テロ集団の予告通り日付が変わる瞬間、日本は「消滅」するのか!?

●最新刊
眠りの森クリニックへようこそ ～「おやすみ」と「おはよう」の間～
田丸久深

薫が働くのは、札幌にある眠りの森クリニック。院長の合歓木は〝ねぼすけ〟だが、腕のいい眠りの専門医。薫は、合歓木のもと、眠れない人たちをさまざまな処方で安らかな夜へと導いていく。

●最新刊
ていうか、男は「好きだよ」と嘘をつき、女は「嫌い」と嘘をつくんです。
DJあおい

男と女は異質な生き物。お互いがわからないから興味を抱き、それを知りたいという欲求が恋愛感情に発展する。人気ブロガーによる、男と女の違いを中心にした辛口の恋愛格言が満載の一冊。

●最新刊
坊さんのくるぶし
鎌倉三光寺の諸行無常な日常
成田名璃子

鎌倉にある禅寺・三光寺で修行中の高岡皆道。ワケアリの先輩僧侶たちにしごかれ四苦八苦していたある日、修行仲間が脱走騒ぎを起こしてしまう。「悟りきれない」修行僧たちの、青春〝坊主〟小説！

●最新刊
赤い口紅があればいい
いつでもいちばん美人に見えるテクニック
野宮真貴

この世の女性は、みんな〝美人〟と〝美人予備軍〟。要は美人に見えればいい。赤い口紅ひとつで洗練とエレガンスが簡単に手に入る。おしゃれカリスマによる、効率的に美人になって人生を楽しむ法。

一〇三歳《さい》、ひとりで生《い》きる作法《さほう》

老《お》いたら老《お》いたで、まんざらでもない

篠田桃紅《しのだとうこう》

平成31年2月10日　初版発行

発行人――石原正康
編集人――袖山満一子
発行所――株式会社幻冬舎
〒151-0051東京都渋谷区千駄ヶ谷4-9-7
電話　03(5411)6222(営業)
　　　03(5411)6211(編集)
振替00120-8-767643
印刷・製本―株式会社　光邦
装丁者――高橋雅之

幻冬舎文庫

ISBN978-4-344-42844-7　C0195　心-2-2

幻冬舎ホームページアドレス　http://www.gentosha.co.jp/
この本に関するご意見・ご感想をメールでお寄せいただく場合は、
comment@gentosha.co.jpまで。